울음, 태우다

지혜사랑 295

울음, 태우다

현상연 시집

지혜

시인의 말

또 한 권의 책을 묶으며
무성한 풀에게 안부를 묻고
그들이 전한 말과 내가 본 것을 옮겨본다
아직 도착하지 않은 생각이
쓸쓸한 부재로 남아있는 지금.

2024년 9월

차례

1부

2부

3부

4부

1부

실종된 슈*

백색 가면을 쓰고 온 너를 안개라 했다

촘촘한 녹조 그물망에 갇힌 물고기들
믿었던 Shu가 자취를 감췄다

북극곰은 빈민 구조 대상이 되었다
시원한 냉방과 따뜻한 난방에 전염병이 돌고
해수면 상승에 불가사리가 녹아내렸다

운우의 날 맞추어 파종한 구름의 종자는
몇 년을 기약했다
빗방울은 키가 자라지 않았다

또다시 낮게 드리운 마른 안개
안개가 아니라는 의심이 떠돌기 시작했다
허공과 허공 사이로 손을 집어 넣었다
안개와 동거 중인 입자는 까칠한 금속성

얼마 전
한 노인이 호흡곤란으로 세상을 등졌다는
스모그 같은 뉴스도 잠깐 흘러 다녔다
물속을 활보하던 물고기는 재난 문자에 얼음이 되고

대륙을 건너온 미세먼지는 급기야 마스크를 썼다

반대쪽 공장에서 여전히 검은 연기가 피어올랐다

* 이집트 신화에 나오는 공기의 신

지금은 로그인

걷는다는 것은 바닥을 복사하는 것
두 발을 땅에 접속한다

바닥을 밀착시켜 흔들리지 않게 셔터를 누르면
눈부신 플래시가 터진다

렌즈도 읽지 못하는 발바닥은
어둡고 습한 움집의 사각지대
굳은살과 티눈으로 변형된 발은
생의 고단한 흔적

그때마다 따끈한 물에 지친 피사체 담그고
발끝에 매달린 돌부리 캐낸다

내일을 인화할 발은 무겁지만
굳은살이 박히도록 셔터를 눌러야만
화려한 생의 파노라마를 볼 수 있는 건 아주 오래된 일

포인트가 될, 컷은 미지수지만
다시 ON이다

날을 세우다

싱크대 서랍 속 무쇠 칼 녹슬고 있다

습한 계절을 물고 있던 탓인지
붉은 게으름 들쓰고
무뎌진 칼끝은 나를 향해 있다

숫돌에 물 먹이며
녹슨 기억 벗겨본다
칼날이 숫돌을 먹고
무심한 손길은 세월을 먹고

날 세운다는 것은
응어리진 시간을 부단하게
갈아대는 일이다

그건 아마도 부패 된 부위를 도려내기 위한
내 푸른 날의 각오를 벼리는 일이며
더디 넘겨지는 시퍼런 날의 페이지를 넘기는 일이다

칼을 벼리며 이순의 내 삶도 담금질 한다

폐차

십수 년 타던 차를 폐차시켰다
굴러갈 수 없다는 건
동력을 끊어야 한다는 것
가끔 내부를 들여다보며
안부를 묻거나 윤활유 공급을 해주지만
낡은 뼈나 쇠붙이는 대답하지 않았다

언덕을 오르거나 평탄한 길에서도 가쁜 숨 몰아쉬며
쿨럭이던 아버지도 동력을 잃었다

한여름 땡볕 아래서
밭일로 기력을 소진하던 아버지
가끔은 휴식의 공급으로 과열된 엔진 식혔더라면
관절 마디에서 고철 삭는 신음은
흘러나오지 않았을 것이라고
고장 난 경운기 소리로 탄식하였다
녹슬거나 낡은 차가 굴러가는 것은
고목에 매달린 이파리가 태풍을 맞는 일

마모되거나 녹슨 부위 들어내고 수리하여도
삭은 자리의 회복은 어려워
끝내 폐차장으로 향했다

더듬이

촉이 있는 것은 더듬이를 잃으면
제자리를 맴돈다

가끔 감도 없고 촉도 없는 안테나
흐르는 방향을 읽지 못해
이리저리 더듬이를 옮긴다

내가 인생의 채널을 잃고
흔들렸던 것처럼 주파수 곤두세우지만
가끔씩 놓치고 마는 신호

그때마다 편서풍이 불어왔고
방향을 맞추지 못한 더듬이는 온몸으로 맞서야 했다
뒤틀린 오해가 간간이 레이더망에 걸리고
사정거리 밖 생각이 열리질 않는 것은
더듬이가 게을러졌다는 것

비 맞고
휘어진 안테나 지금은 세상 저쪽에서 녹슬어 가고 있다

더듬이를 잃은 채,

고구마밭

집 한 채 허물었다

호미를 쥔 손이
흙의 허방을 찍고 컴컴한 굴속
녹두알만한 눈과 눈이 마주쳤다

순간, 눈들의 노정은 양쪽에서 진행되었다

아비는
오른쪽으로 죽음을 등에 진 채
느릿느릿 기어가고
밭고랑 풀들 일제히 고개 쳐든 왼쪽
눈도 뜨지 못한 연분홍 맨살들
꼬리에 꼬리를 문 채
어미 따라 황급히 사라졌다

만추의 밭고랑에 멍하니 앉아있는 호미
어미를 놓친 새끼 쥐 몇 마리
방향을 잃고 헤매고 있다

어쩌면 쥐들의 영역인 고구마밭에
밭주인인 난 침입자였을 것이다

간판

건물 외벽에 설치된 스크린

퇴근길 손끝으로 터치하는 리모컨
전기밥솥 스위치와 실내 온도를 높이는
화면이 순식간에 나타났다 사라져요

고객의 눈썹은 60초 이내에 추켜세워야 해요*
디자인에 비틀기 공법을 사용해요

화려한 간판을 채용하는 회사는
준비된 이미지와 자신감으로
시선을 끌어당겨요

불황 뚫기 위한 시간 외 야근은
스트레스로 폭발할 수도 있어요

혹여, 바람을 수당으로 지급한다면
길에서 잠들 거나 필라멘트가 끊어질 수도 있고요

우내받은 간판은 현란한 조명 탓에 눈이 충혈되어도
그들은 매출 올리기에 급급하지요

* 샘혼의 책 『사람들은 왜 그 한 마디에 꽂히는가』에서 인용

모과의 밀회

청송 송소 고택,
장작더미에 낀 낙과가
익어가는 가을과 밀담을 나누고 있다

고택 기와에 와송이 푸르듯
늙은 모과나무는
수많은 향기를 기억하고 있을까
모과를 보면 천식 앓던 동생 기억이
주렁주렁 열리고
봉창 너머로 흘러나오는 신음소리엔 된바람이 섞여
어머니 가슴을 후비곤 했다
늦가을 서리 맞은 모과 살을 수시로 저미던 어머니

우물의 깊이로 떨어진
동생의 기침을 다독이고 겨울을 우려내던
모과,

그리움에 젖어 모과 하나 주워 책상에 놓았다
무르익어 암갈색으로 번지는 기억 하나

코끝에 스미는 향기에선
죽음의 냄새가 났다

푸른 돌

돌멩이 하나
산비탈 뭉개볼 듯 굴러왔다

여름날, 쌍무지개는 한바탕 쏟아진
소낙비가 피워낸 꽃이지만
하늘과 땅은 닿지 않을 간격이라는 걸
안개 속 같은 세상을 보며 알게 되었다

돌부리에 발끝 채일 때는
길옆 옆구리 시린 광대 꽃처럼 흔들리기도 했지만
꽃은 계절이 다하면 물러섰다

돌에 걸려 넘어진 순간은
가슴 밑바닥 갈고리 같은 화가
행인의 발목 낚아채기도 하였지만
그런 날은 침묵이 부석처럼 떠다니곤 했다

모난 돌 하나,
구르고 구르면
먼 하늘 등 기댈 핏줄 닿을까 몰라
욱신거리는 봄,
열심히 소비 중이다

버려진 새

자정이 가까운 여수역
무리에서 떨어진 새 한 마리

썰렁한 경계심 틈으로
누군가 건네준 빵
곱씹은 생각으로 꾀죄죄하고
초점 잃은 눈은 핫바 한 개와 우유 한 병에
울음을 터트린다

날기도 전, 떨어지는 법부터 터득한
새의 울음 속 두려움을 먼저 읽는다
잘근잘근 물어뜯는 초조가 기억을 더듬고
바닥을 비벼대는 운동화 끝은
어미 새에 대한 항변일 거라고
수군거리는 역 주변 어둠들

우수에 젖은 눈이 기억 저 편을 더듬듯
잠든 대합실 문 유심히 바라본다
적막만 날아다니던 공간
열차가 깨우고
왁자해진 대합실에 내미는 손

\>

흠칫 의자 깊숙이 몸을 묻고 올려다보던

눈물이 지팡이를 따라 나선다

울음, 태우다

맨드라미 붉게 타오르던 날
그녀가 불 속으로 들어갔다
뜨거운 세상이 서늘하였기 때문이라고
누군가 말했다

길들여진 인내는 잿빛 바람이 되고
해묵은 생의 파편들은 숯이 되었다
문밖을 서성이던 어떤 울음은 불이 되고
까맣게 뚫린 심장 사이로 들락거리던 울음은
토하지 못하는 울음이 되었다

초여름 날 예측하지 못한 검은 행렬이
깃을 세우고 다가와
게걸스럽게 먹어 치우던 불길 앞
마른 눈물이 바닥을 기었다

화구에 들어간 그녀
까만 재 들추니 씹지 못한 쇠붙이 한 개
마지막 유언처럼
거룩한 자세로 누워 있었다

못의 담론

제 본분을 잃은 듯
못이 구부러진다

구부러진다는 것은 불만이 많다는 것
몇 날 며칠 나무 모서리와 팽팽한 신경전 벌이던 못
살살 구슬려 본다

못에 항변하는 나무일수록 마찰은 더욱 짙어지고
눅눅한 공기 떠돌면
나무는 외마디 비명 내지른다

반쯤 벌어진 틈새
헐거워진 채 못 껴안은 나무

모진 말이 망치가 되어 못질하던 시절
못질한 가슴에도 못은 박혀
녹슨 얼룩만 남아있는 지금
칠월의 밤하늘 올려다보면
무수히 많은 별들

꼭 내가 박아놓은 못 같아
머리 숙인다

채석강

고소하고 쫄깃한 빵을 구웠어요

페이스트리 결 음미하며 담백한 여행에 빠진 사람들
긴 시간 촉촉하게 발효된 퇴적암이 어둠 속에 부풀었어요
얇게 겹친 나들이는 정해진 시간에 숙성되어야 할 운명

때로는 겨울 추위가 당신을 성숙하게 만들었어요
그때가 아마 휴식이라지요
시끌벅적 왔다 파도에 올라앉은 물거품 같은 생크림
겨자 빛 낙조에 여러 번 접어 구운 빵
노릇하게 탔어요

오후의 풍경과 바닷물이 겨울 한 귀퉁이로 한발 물러선
자리
한 번도 만나지 못한 고래와 공룡의 울음소리가
시간 사이에 층층이 쌓여 그 시대를 증언하고
채석강 동백은
2월을 홀로 건널 생각인지
여기저기 붉은 입술 열고 있어요

백악기 지층에 바람 불고
나를 위해 머물다가는 바삭한 풍경

붙잡고 있던 감정 놓아야 하는 시간 속

어둠의 이불 덮은 가로등이 불을 켜기 시작했어요

치매

낯선 행성에 발을 디뎠다
일상의 기억은 머릿속 유물
미로의 귀퉁이에 맞추어지지 않는 퍼즐은
잃어버린 오늘,

좀 벌레에 하루하루 갉아 먹히는
밀착된 낡은 기억

과거를 연결하려다 일어난 오류는 왜곡된 함정일지 몰라
조각난 퍼즐을 맞추려면
비행하는 건망증을 솎아내고
메마른 혼선을 분류해야 했다

궤도를 이탈한 떠돌이별의 카운트다운이 시작되고
대기권 밖 행성의 기억도 깜빡거렸다
기억의 균열로 생긴
황량한 공간을 재생해줄 보조시스템은 어디에 있을까

며칠 전 찾던 통장은
기저귀에 뭉쳐져 가방 속에서 발견되고
그녀와
숨바꼭질이 시작되었다

테트라포드*

중생대 진화한 공룡의 후손일지도 모를
수억 년
잠자던 테트라포드가 나타났다

조상의 내력 기억한 직계 후손
비행을 꿈꾸며 서툰 날갯짓 시험했다

바다와 육지를 왕래하던 어느 날
지층 어디선가 암반이 충돌했고
화산 폭발은 깃 떨어진 짐승을 방파제에 정착시켰다
바다의 수호신이 된 세 발 짐승
안부가 궁금한 해일이 해마다 육지로 올라오고
그때마다 파도의 묘지가 된 방파제

바다 귀퉁이
콘크리트 블록 사이 갯강구가 살고
바다 밑,
썩은 고기로 포식하는 테트라포드
물고기는 낚시꾼을 유인하고
뉴스는 잠깐 이름만 구조하다 사라졌다

지상에 태풍이 부는 날이면

치밀한 구멍을 가린 채
먹이를 기다리는 테트라포드

* 해일이나 파도를 막기 위해 방파제에 사용하는 콘크리트 블록

1시와 3시 사이

하얀 나라에 들기 위해선
몇 번의 모래성을 쌓고 허물기 반복해요
초저녁,
풍선처럼 부푼 생각은 잠들고
여백으로 둘러싸인 경계의 시간
홀로 사치 누려요

침묵하던 방 안의 공기가
드디어 움직이기 시작해요
초침을 부러뜨릴 기세로
아우성치는 시계는
세계의 양을 모두 불러 모아 줄 세워요

숫자는 점점 불어나고
머릿속 풍선은
조금씩 가스가 차오르기 시작해요
말똥거리는 두 개의 빨간 구슬을 굴리며
서로 비집고 나오려는 생각
누를수록 충전되는 풍선
터질 것 같아요

새벽이 눈뜨면 잠의 나라 문도 곧 닫힐 거예요

서둘러 문 앞이라도 가봐야겠어요

혹시 잠의 통로를 아는 누군가 이끌어 줄지도 모르잖아요

동지

미트라*는 남극으로 돌아가고
창백하게 헐떡거리는 11월
나는 너를 쫓아 달려왔고
너는 늘 동쪽에서 서쪽으로 눈 감았지
눈발 날리며 건너온
11월은 쓰다 남은 사생활

새해는 배밀이로 다가오고
붉은 팥죽 한 그릇은
다시 붉고 뜨거운 것 불러내며
기억 속 누군가 기다렸지

길거나 짧은 계절
또 다른 배후를 열기 위해선
노루 꼬리만큼 늘어날 빛의 꼬리 잡고
신열에 들끓어야 했지

태양은 얇은 두루마리처럼 말려있고
긴 밤
잠든 나무 사이로 환한 달은 이를 드러내며
낄낄거렸지

* 빛의 신, 그리스의 태양신 헬리오스

2부

이방인

명사십리 백사장
이방인이 모여 배구를 해요
탱탱볼이 연신 네트를 넘나들고
오가던 파도 구경하다 사라졌어요

구릿빛 속살을 백사장에 묻은 여자

탱탱볼이 넘어온 순간
햇빛 안고 뒷걸음친 사내
모래 턱에 걸려 백사장과 포개졌어요
모래 속 비명이 허공을 찢어었어요

검은 선글라스가 달려오고
백사장이 사내를 성추행범으로 몰았어요
강한 햇빛 탓이라고
반사된 빛이 볼을 감추었다고
앵무새같이 설명해도
돌아오는 메아리는 변명이고요
거짓에 가려 진실을 입다 문 모래알들
생수 장사와 밀려온 파도가 목격자 진술을 했어요
애타는 마음 파도는 알지만
밀려온 바닷물은 입이 없어요

백구가 사라졌다

백구가 사라졌다
꼬리 흔들며 달려들다
한쪽 바퀴에서 묻어난 핏자국,
바퀴가 물어뜯은 건 백구였다
스펀지를 밟은 듯 차는 요동이 없었으나
백구에게 충격을 준 건 크락션이다
오토기어 P와 R사이에 묻힌 날카로운 비명
머릿속 백열등 필라멘트가 끊어졌다

수시로 내 인생에 끼어들고
주행 속에서도 내 안을 기웃거렸을지 모를
백구가 후진한 차와 함께 지워졌다

내가 불빛을 끄며 살아온 동안
수많은 것이 불빛 사이로 사라졌다
사라진다는 건 생을 인수인계하는 과정
백구와 내 할머니가 사라졌고
환하던 아버지와 엄마가 캄캄해졌다

한 생을 달리며 수시로 끊어진 인연들

백구가 사라졌다

얼굴 없는 고래

바다를 조작하는 불충분한 증거는
하얗게 부서진 포말에서 찾을 수 있다
물밑을 하강하거나 솟구치는 물줄기
가라앉은 가상의 화폐시장
한바탕 파도타기가 시작됐다
바다가 들썩이는 건 예측불허

시장을 컨트롤하기 위해서
수직으로 몸을 세워
가끔 해수면 위로 물을 뿜는 고래
사라지거나 잠수할 때는
초음파나 무기명 잠수함을 타고
어떤 흔적도 남기지 않았다

출렁이던 파도가 잠잠해지고
하락한 시장이 수면 위로 떠오를 때면
바다를 휘젓는 것이 고래라는 걸
새우들은 몰랐다

코인 가격이나 바다의 흐름을 실험하는 고래들
또다시 새우 등 터지겠다

바이크 행어Bike hanger

주인은 있지만 임자 없는 자전거가
방치돼 있다

한때 공원을 달리던 기억으로
낡은 시간 추적하는 바퀴
보관소에서 철거를 기다린다

달릴 수 있다는 건 하늘을 날 수 있다는 것
은빛 바퀴가 그늘을 벗어나
누구의 손도 닿지 못하는 곳에
햇살 물고 공중부양 중이다

하늘에 닿는 통로는 허공이나 빌딩 벽
체인을 걸고 빠르게 페달을 밟는다
이륜차가 한 바퀴 공중을 날아오르고
허공으로 이사한 자전거보관소
육지 보관소는 개점휴업 중이다
하늘을 당겨 돌아가는 자전거를 찾는다

자전거도 두 바퀴로 하늘 나는 것을 꿈꾼다

불면

밤바다가 미끼를 문 채 꿈틀거린다

파도에 흔들린 잠은 저만치 달아나고
찌에 걸려 올라온 건
인터넷쇼핑 할인쿠폰 몇 개와 사은품이 전부다

밤바다가 통째로 낚여 올라오는 꿈을 꾸지만
우럭이나 벽걸이 티브이 낚는 손맛은 더 짜릿할 것이다

오늘도 칠흑 같은 바다에 야광찌가 깜박인다
순간, 술렁이는 바다
거센 태풍에 파도가 휘몰아친다

낚싯줄에 팽팽한 과부하가 걸리고
물살 가르며 빠르게 딸려 올라오는 잠결들
대어가 걸린 듯 툭, 끊어진다

안도의 숨 내쉬며 씁쓸히 웃음 짓는 여자
입과 코에 바늘이 걸린다
은빛 바다가 파닥거릴 때마다 달아나는 잠

바늘 걸린 아가미에 피가 흐른다

후끈 달아올랐던 인터넷 명품 세일바다

갑판에 물고기 한 마리 파르르 떨고 있다

전기밥솥

전기밥솥이
삐걱거리며 부서진다
그가 보낸 이상 신호는
왜 무심히 지나쳤는지
밥솥과 함께한 세월 되짚어보니
스무 해는 됐음직한 시간
이제 밥솥도 지쳤는지
옆구리로 김을 뿜는다
동동거리다 만난 설익은 밥과 으적거리는 아침

말라붙은 무모한 시간과 미련이
한 번에 쏟아져 내린다
군데군데 벗겨진 조각이 세월을 물고
젊음 한쪽이 기울어진다

제 몸 살라 끌어안았던 하얀 꽃송이
무수히 담금질하며 익히던 생의 고뇌들
한때 팽팽하게 맞서던 삶과
청춘을 불사른 열정이
애써 나를 껴안으려 한다

탐색전

처음 만난 어색한 자리
서로를 읽으려 눈의 초점 맞추고
어색한 웃음을 뒤적이며 그 너머를 계산하는
눈빛과 생각은 궁리에 몰두하고
애써 출구를 찾는다

빨간 서비스 훤히 보이지만
반짝 떠오르지 않는 궁리에 밑줄 칠 때
상술 가득 담은 여자
애써 세상 밖으로 눈 돌려
부드러운 공통분모를 찾아낸다

쉼표가 찍힌 틈새 비집고
일정한 대화로 거리 유지할 때
내 쪽으로 끌어당긴 불구의 유혹

정답이 아닌 의문은 싹을 잘라야 한다고
속으로 탐색을 정리하지만
여린 가슴은 전략에 함몰되고

어설픈 실수로 서류에 마침표 찍고 마는 하루

은밀한 속내

마른 옥수숫대 붙잡고 실랑이하는 것을 보았다

어스름 저녁 무렵
지나는 바람 물고 흔들다
날아오르는 것도 보았다
날짐승으로 착각한 나는 함께 날아올랐고

검은 물체
살금살금 기어가다 두리번거리던 중
나뭇가지에 걸렸다

난봉 춤추며 달아나는,
돌부리에 걸린 건 비닐봉지만이 아니다
그 밑에 걸려든 폐지도 바스락 거린다

누군가 은닉한 양심이 들어있을지 모를 검은 속내
피어오르는 냄새 감추기 위해
연신 꼼지락거리며 입을 봉한 적도 있을 것이다

날카로운 것에 옆구리 찔려
줄줄 흐르는 바람을 물고도
제 속 한 번

속 시원히 털어놓지 않는 검은 비닐

속이 궁금한 고양이가
연신 발톱과 이빨로 비닐 물어뜯지만
찢어진 틈으로 보이는 속은 알 수 없었다

쌀꽃

길옆
기름때 절은 뻥튀기 기계
쌀 한 깡통 털어 먹는다

심심한 세상 달래기 위해 사카린도 조금 넣는다
뜨겁게 달구며 도는 시간
골목에 왁자한 바람이 지나간다

풍진세상 돌리던 사내
뻥이요 외치자
늙은 쇠붙이가 힘겨운 소리 내지른다
쏟아진 꽃들 여기저기 흩어지고
한주먹 인정 나누는 여자와
뻥튀기 사내의 마른 어깨에
부푼 삶이 터진다
빈약한 어깨에도 한 줌 웃음 쌓인다

햇살에 핀 쌀꽃
골목에 환하게 피고
저물녘 구수한 웃음이 석양에 걸린다

가벼운 계산법

정육점에 갔다
문을 열면 나보다 먼저 들어서는 싸락눈
붉은 등 아래 걸린 고기처럼 차갑다

정육점 안의 지루함을 만지작거리던 여자
소고기 두 근이란 말을 저울에 올려놓는다
토막 난 무게에 바늘이 떨리고
모자라는 근수가 주인의 손대중을 읽어낸다
장사가 처음인 듯
다시 싸락눈 같은 무게를 채워 넣는 여자

언제나 고기 맛을 먼저 보는 것은 칼과 도마
서툰 칼질에 몇 줄 더 주름살
새긴 도마가 슬쩍 이력을 일러 준다

전자저울의 기울기만큼
소의 생애도 되새김질의 길을 밟았는지
가볍거나 무거운,
소가 살아온 내력은 아직 계산되지 않는다

송북 오일장

건물 모퉁이
앉은뱅이 노파의 냉이 한 움큼과
비닐 속 무말랭이가 전부인 반나절
마수걸이 없는 막혀버린 눈물샘에 허기가 흔들린다

무말랭이처럼 비틀어진 노인 손가락
얼마나 많은 마른 길을 지나왔는지
손가락 마디가 흰 갈퀴 같다
좌판 노파의 밥그릇이 햇살에 말라 간다

시절이 바뀌며 귀퉁이로 밀려난 햇살들
그늘조차 드리우지 못한 오늘
옆자리 채소 장수 핏대 세우며 목청 돋우고
바다에서 막 건져온 고등어는 팔팔하다

장바닥 기름 냄새에 식욕이 튀겨지고
생선과 정육점 비릿함이 날개 단 오후
주름진 노을에 하나 둘 흩어졌다
닷새 되면 다시 열리는 송북 오일장

도미노 게임

여기저기 재채기 하는 꽃
꽃가루 묻은 나비 날아다니고
잦은 날갯짓에 우르르 쏟아지는 확진자
벌과 나비 동선이 겹쳤다
접촉한 곤충 발목에 꽃가루 묻었다

나비가 머물다 간 맨드라미
열이 39도
경계를 게을리한 꿀벌은 자택 근무령이 떨어지고
밀접 접촉자가 누구인지 역추적도 시작되었다
곤충들 사이 거리두기가 시작되며
붕붕거리던 땡벌 노래방
마이크를 내려놓아야 했다

수시로 몰려다니던 곤충들
꽃핀 자리와 꽃 진 자리를 기피하는
꽃밭이 적막하다
겨울 딛고 올라오던 새싹,
추위가 길 것 같은 예감에 전전긍긍하였다

칼라 마스크
꽃가루처럼 번지고 있다

풀과 전쟁

풀과 전쟁을 선포했다

풀보다 지뢰처럼 매복된 뱀이 더 무서워
발걸음도 땅을 견제하는 전쟁터
웃자란 망초꽃, 쇠뜨기 풀의 침략 행위 단죄하는
풀 속 그늘에
부스스 잠 깬 벌레들,
환해진 어둠에 허둥지둥
숨을 곳 찾는다

오후의 햇빛에 굴복한 작업복
풀물과 시체가 즐비하게 붙어있다

댕강댕강 잘린 모가지,
풀 향기 맡은 나비 한 마리
멀리 날아갔다

비릿한 풀 냄새,
소식 듣고 날아온 벌레들
쌓아 놓은 풀 더미에 조문 행렬 이어졌다

아버지 텃밭

도화꽃 피자
텃밭 지키던 아버지 분홍빛으로 굽어 있다

볕 좋은 계절 수소문하던 칠월
장마는 복숭아 가지를 뒤흔들었고
나무 밑에선 딸애 등록금이 나뒹굴었다

붉은 근심 주워 삼킨 아버지
목에 흉터 남고
뱃속엔 틔우지 못할 싹이 자라기 시작했다

무럭무럭 자라는 씨앗
계절이 바뀌고도 가지는 여기저기 뻗어
주렁주렁 복숭아를 키웠다

먹지 못할 열매에서 단물이 흘러내렸다
냄새 맡고 몰려든 벌레들
썩고 진 무른 곳에 알을 슬기 시작했다

복숭아는 어두운 곳에서 먹어야 한다며
한 입 베어 물던 엄마
커다란 근심이 울컥,

입안에 씹혔다

농익은 상처에 흐르는 고름
씨앗 빠진 자리 붉은 허공 하나 생겼다

아버지 안마당 한 바퀴 휘돌아
울 너머로 날아가고

아버지만큼 생을 건너온 나도
단단한 복숭아 하나 품고 건너왔다

사과나무 장례

사과꽃 지며
애기 사과 벌겋게 열 오른다
벌 앉았던 자리
도깨비불처럼 이곳저곳으로 날아다니는 불덩이
접근금지 팻말은 속수무책으로 서 있고
철없는 나무들 여기저기 속닥이며 불장난 중이다
과수 화상병에
데인 나뭇가지가 화끈거린다

이튿날
앞날 창창한 젊은 나무의 생애
굴착기 삽날이 사정없이 박히고
사과밭은 폐원이 되었다
생을 문 닫은 나무들
무덤 없는 무덤엔 개망초꽃 환하고
무력한 시간을 잠재우는지
사과밭이 고요하다
밭고랑을 서성이던 나는
내 안의 열기 식히며
뻐꾸기 울음 한 사발 벌컥 들이킨다

허허벌판이 된 사과밭
봉분 없는 무덤이 생겼다

3부

저녁이 오는 병실

소꿉친구 병실을 찾았다
그녀의 아픈 기억이 단내로 혹 풍긴다
수없이 찔러대는 주사 바늘
병명의 취조가 끝난 후 그녀를 석방하기로 한다
들숨과 날숨의 파동이 일파만파로 번져
혈관 어딘가에 꼭꼭 숨어 핀
붉은 꽃

은밀한 병명이 술래잡기하는 가운데
그녀의 내력을 되짚어 본다
집안 한 켠
그녀 살을 발라 먹으며 제 키를 늘리는
앉은뱅이 꽃들
그녀는 육신을 조금씩 덜어내며
부러진 나뭇가지처럼 시들어 간다

삶이란 제 곪은 곳을 드러내는 법
단단히 채워진 그녀의 자물쇠가
무성한 소문에도 열리지 않는다
병명은 여전히 링거액처럼 흐르고
붉은 꽃만
저녁이 오는 병실에서 시들어간다

헬륨의 노래

풍선에 사로잡힌 아이

살짝 집어 난간 밖으로 밀면
둥실
떠오를 거예요

아장아장 풍선을 막 띄우려는데
풍선 엄마가 뛰어 왔어요
빼앗기기 싫어
창문 밖으로 휙 던져버렸죠
으앙!
놀란 풍선이 빵 터져버렸어요

분명 내가 던진 건 풍선이에요

내 안에 누군가 던져, 던져버리라고
바람 빠지는 소리를 질렀어요
나는 들리는 대로 던졌을 뿐이에요

곤두박질친 풍선은 왜 날지 못했을까

또다시 어디선가 헬륨의 음성으로

달콤한 귓속말이 들려요
던져, 던져버리라니까!

꽃패

봄이 빠른 패를 돌린다

눈을 감아도 아른거리는 꽃패
봄바람을 불러 모은다
소소리바람, 살바람, 꽃바람
함께 온 매화는 남쪽바람
부스스 두리번거리는 버들강아지
양지쪽 개나리 슬쩍 곁눈질로 망설일 때
봄은 들녘에 부지런히 패 돌린다
남녘 꽃바람에 선先 잡은 매화
해풍에 맞물린 동백은 고운 쌍피라고
호들갑스럽게 웃지만 가끔은 피박이다

버들강아지 돌리는 패에 기웃대고
개나리 소소리 바람 눈짓 외면한 채
강과 들에 노랑패 돌린다

반짝 꽃샘추위 광박에
쓰리 고,
흰 눈으로 자라목이 돼버린 개나리
움찔하며 목을 움츠린다

돼지의 꿈

돼지껍데기,
콜라겐은 족발과 한 통속이라지
팽팽한 친구 얼굴 보니
족발 접시가 달덩이와 오버랩 된다
툭, 부딪친 술잔에 둥근 달 뜨고
하루 몫의 수다가 넘친다
옆집 여자 깨진 사랑이 취기에 엎질러지고
얼큰한 술손님 이야기가 상 끝에 흩어진다

톡 쏘는 사이다 같이
혹은 거칠게 생을 건너온 여자들
식탁에서 한 생을 마감한 돼지만큼
그네들도 한세상 숨 가쁘게 앞섶 여미며 살았다
어디 거칠게 살아온 게 그들뿐이랴,
오물에 발 담그고 엉덩이 퉁칠하며 살던 돼지의 꿈은
결국 술안주밖에 되지 못했다
야들야들 족발 먹는 친구들
탱탱한 언어 사이로 시간이 뜯기고
내일 아침
내 얼굴에 보름달 뜨겠다

갈매기 날다

세탁기에 바다를 넣는다

날염 된 물고기가 통 속을 헤엄치고
흰 메리야스가 겁 없이 바다로 뛰어든다
밀려오는 파도가 철썩일 때마다
각질처럼 일어나는 거품들
또다시 하얀 포말로 밀려온다

낮은 곳에서
얼룩의 끝자락 놓지 못하던 양말
물고 있던 불순물 울컥 내뱉는다
표류의 한계에 도달한 주머니도
걸러내지 못한 잡념의 찌꺼기 토해낸다

끝내 케케묵은 기억은 얼룩으로 남고
숨 가쁘던 시간
은빛 햇살이 수평선 끝에 가물거리고
가까워진 여객선
고동을 울린다

잔잔한 바다 위로 갈매기 날아오른다

박태기나무

박태기나무가 직립 고행을 한다
손 없는 팔 뻗어 허공의 발목 잡는다

까치발 들어 하늘에 찍는 소리 없는 발자국
구름 사이로 나무가 나무를 지우고 있다
수런거리는 나무의 행간을 읽는다

더딘 성장이 나이테를 만들거나
밥풀 같은 꽃들이 허공을 키운다는 걸,
박태기나무의 행간에 적는다

웃자란 박태기나무 가지 자른다
잎보다 먼저 자홍색 밥풀
자지러지게 매달던 줄기를 햇살이 거두어가고
누렇게 뜬 물관이 나무의 기억을 지운다

다시 환하게 열리는 허공
봄날 팔 잘린 박태기나무 소문이
바람 타고 후두둑 진다

태풍

부락산 중턱에
젊은 나무 하나 계곡을 가로질러 누워있다
목숨은 붙어있지만
조금씩 말라가는 속내를 모르는 햇볕
그 안을 기웃거린다

연신 뿌리가 깨져 갈팡질팡하는
수액의 혼란 쥐어짜듯
저녁의 끝자락까지 그 주변을 떠나지 않는다
갈증의 내부로부터 올라오는
지난 한때의 태풍 찌꺼기들

그랬었구나
세상의 모든 나무들은 지상에 누워야
바람의 견적 뽑는구나
조용히 계곡을 내려놓고 도시 속
아직 수런거림이 그치지 않는 집으로 향한다

거미줄

아파트 화단에 걸린 거미줄
벼랑에 기둥 세워
체액 뽑아 하늘에 길을 내고 있다
무너질 듯 바람에 흔들리는 길
거미가 단단히 부여잡는다

한때 나도 푸른 줄 말아 쥔 적 있다
끊어질 듯 가파른 줄잡고
아슬하게 그늘진 길
빛으로 가리며 걸어왔다

이정표 없는 길에서 방향을 잃고
덫에 걸려 허우적거리기도 했지만
스파이더맨이 되고서야 길은 열렸다

미로 같은 거미줄에서 벗어날 즈음
이마엔 몇 개의 줄이 더 새겨졌고
거미가 허공에 숨은 띠*를 만들수록
눈먼 내 시간의 응어리도 허공에 매달려
바람을 굳게 잡아야 했다

* 위장그물

골목의 호흡

지친 하루가 벗어놓은 노을

금 간 유리창 틈으로 기어오르고
묵은 기침이 떠도는 담벼락에 매달린 우편함
색 바랜 고지서 물고
오가는 행인의 행방에 소인을 찍는다

숱한 세월 잘라먹은 길바닥엔
체납된 고지서 같은 어둠이
공복의 발걸음 재촉한다

찬바람에 굶주린 거리가 패딩처럼 빵빵해지고
반복된 습관 벗지 못한 풍경이
움츠린 채 어둠에 갇힌다

떠도는 적막에 불빛이 몸을 뒤척이면
갈기 세운 하데스*는 거리를 사열하고
죽음에 길들여진 시간은 침묵한다
촉수 낮은 불빛이 담장 사이 배회하고
하루가 허공에 몸 기댈 때
나는 짐점 밝아지고
밤은 아득해진다

* 그리스신화의 지하세계와 죽은 이들을 관장하는 신

철쭉 여인숙

황매산 골짜기
해마다 비릿한 사연은 꽃이 되고
꽃을 복사하기 위해 5월을 찢고 나온 상춘객들
능선은 이미 벌건 햇살로 달아올랐다

누군가
꽃의 화색에 취해 다가섰다
치명적인 독에 목이 꺾였다는
모산재 구릉마다 빼곡히 들어찬 붉은 여인숙
피고 진 흔적 없이
응고된 혈흔만 가득 찍힌 산자락

낭자한 치맛자락 풀어 놓았던 햇살이 돌아서고
골짜기 내려서던 바람 숨어들 때
노을에 상기된 젊은 한 쌍
끓는 피 식힌 듯
여인숙 빠져 나온다

꽃불에 데인 산은 열기 식히고
봉합이 덜된 틈새로
간간이 나비만 숙박비 묻고 가는 철쭉 여인숙

>
꽃무늬로 도배된 산모롱이 환하다

어미 소의 이별

아침 해가 솟으면
소들은 풀밭으로 이동한다
어미가 말뚝을 벗어나지 않듯
새끼도 어미 주변을 맴돌지만
먹구름 낀 바람이 낯선 곳으로 이동하면
소의 울음은 불안해진다

새끼와 어미를 뗄 때가 되었다는
아버지 말에
어미의 커다란 눈에 눈물이 글썽였다
이별이라는 익숙지 않은 감정에
워낭을 흔들어 대며
밤새 긴 혀로 송아지를 핥고

이른 아침
소장수가 집에 들렀다

이별과 슬픔 사이에는 어미와 자식이 있어
새끼를 판 아버지도
슬픔에서 빠져나오지 못했다

어쩌면 송아지는 말뚝에 매어 있을 때가

더 자유로운 것인지 모른다
구속이 풀린 속박의 자유가
더 큰 구속이 되어버린 송아지
어미 소의 슬픔이 끌려 나오자
트럭에 오르는 송아지
긴 생이별이다

어미의 긴 울음이 밤을 흔들어댔다

풀의 각도

마당 끝 세 들어 사는 풀
머리 숙여야 할 일이 많다
수시로 키재기하며 올라오는
잡풀 등쌀에 허리 굽혀
예초기 날 뒤에 숨어 제 키를 늘린다

씨앗을 맺기 위해선 풀잎의 자로
계절의 각을 측정하며
목을 움츠리는 건
자각의 각도로 자신을 바라보는 일

예초기 칼날을 피하기 위해선 밟혀야 한다
밟힌 풀
다시 일어서
밑금의 각으로 돌 틈새 자리 잡는다

눈치 빠른 씨앗은
들판의 변과 변 사이에서
숨죽인 채 봄의 눈금을 재고 있다

민들레

경칩보다 먼저 눈뜬 민들레
봄을 불러들이기 위한 파수꾼이 되고
노란빛으로 이리저리 줄행랑치다
뺑소니사고가 발생한다.

무면허 꽃샘바람에
민들레는 키가 자라지 않는다
처벌기준 없는 봄바람은
어쩜 민들레와 한통속일지도 모른다

해마다 북쪽으로 밀어 올리는 꽃샘
민들레 노란 신호는 거침없고
신호에 걸려있는 하늬바람
멈칫한다

민들레의 신호에
출발점 서 있던 봄꽃들
앞 다투어 축포 쏘며 꽃 문 연다

5월

쇼윈도에 노랑 분홍 옷 내걸었다
나른한 아지랑이가 아이쇼핑 하고
색 바랜 계절 덤핑처리 한다

파릇파릇 진열된 신상품
상춘객 불러 모아 불티나게 팔린다

개나리 진달래는 품절 된 지 오래
넝쿨장미와 작약, 모란을 주문 받은 5월
여름과 맞물려 북새통 이룬다

흰 수염 폴폴 날리던 민들레
아직 희망과 꿈이 있다고 노랑 들먹이며
연실 초록 짓는 맨발의 5월,

장미가 면사포라면 밤꽃은 새신랑
보금자리 맺는 경계
사랑이 꽃피면 풋 열매 열리고
절기가 바뀌면 새 생명이 5월처럼 피어날 것이다

5월은 갸륵한 탄생이다

쥐똥나무

도로변 짙은 향기
벌룸 거리는 코가 발목 잡는다

아무도 눈길 한 번 주지 않던
나지막한 담장 아래 앉아있는
할머니 닮은 꽃
종종걸음으로 제자리 맴돈다

꽃이 핀다는 건 열매를 품는 것
초록 열매
밥알 될까 시간을 더듬지만
까만 열매는 쥐똥 같다

쥐똥이라니
억울한 쥐똥나무
작은 키만큼 낮춰본다
보이지 않던
향기 나는 세상이 잘도 보인다

울 너머 삐죽 웃자란 할미니의 잔가지들
작달막한 사내가 사정없이 자른다
그윽한 꽃향기와 풀냄새
낮은 지상으로 떨어져 흩어진다

법고

하루를 정진한 새떼 산 너머 숲에 잦아들고
쇠가죽의 굵은 울림
어리석음 깨우치듯 무겁게 운다

소로 태어나 가죽을 보시하고
불가에 귀의한 짐승

휘몰아치던 소의 생이 허공에 퍼진다
울음이 번질 때마다 허공이 허공을 흔들며
묵직하게 흔들리는 번뇌

북채 잡은 손
경건해진 가슴을 가로질러 마음심 그린다

무념무상의 풀들
죽은 자의 넋을 위로하듯 묵언 수행 중이고
산마루에 걸린 눈썹달
적요를 깨는 개울물 소리에 귀 기울인다

늦도록 깊은 한숨으로
탑 주변 배회하는 뭇 사내
자아를 물어뜯는지
짧은 손톱이 번민을 다독인다

사부곡

어둠이 찾아오면 차오르는 달

물결 뒤척일 때마다 잊혀진 얼굴 하나 출렁이고
그대 눈빛만큼이나 반짝이는 별이 떠 있어요
휘영청 물든 거리는 온통 환한데
부고를 통고받은 듯
부재중인 아낙의 가슴은
어느 하늘에 가 닿아야 할까요

강물처럼 서로 끌어안고 흐를 수는 없는 건지
차가운 달그림자만 가득한 월영정
달빛에 바랜 아쉬움 한 자락 걸어두고
강가를 서성이는 여인

사백 년 전 떠나지 못한 사랑 불러들이는지
물안개만 자욱해요
그럴 때마다 그대에게 닿지 못한 사연
강둑 풀잎처럼 되살아나고
밤이슬 촉촉이 내려앉은 새벽녘

나는 끊어지지 않은 정 품고
후세의 월영교 밟고 있어요

4부

가출

약이 밥 되어버린 구순의 아버지
폐암, 고혈압, 심장질환, 전립선 비대증

약 보따리는 항상 문갑에 대기 중이고
약은 약 먹은 기억조차 먹는 건지
기억 잃은 기억이 또다시 약을 먹고
뜨락에 올라선 햇살이
무릎 치며 중복된 사실을 확인하고
점심 약 굶지만
약은 저녁 식전에 꼭 가출 한다

아버지 약의 행방 찾아 구석구석 살피지만
알약이 가는 곳은 문갑 밑이나 장롱 밑
먼저 숨어버린 그 곳
손이 닿지 않는다

행방을 수소문하다 포기한 기억은 청소기에서 발견되고
아버지 어두운 알약만 더듬거린다
흐린 생각은 여전히 침대 밑이나 윗목으로 가출하고
밥보다 약이 먼저인 아버지의 간절한 바람

한 주먹 남은 생을 다시 삼킨다

아버지의 섬

높은 파도와 절벽으로 둘러싸인 외딴섬

섬을 탈출해야 하는데 폐암과 심장질환으로
섬에 억류되었던 기록이 모두 몸에 새겨져 있다

기억 사이로 들어오는 햇빛이 가물거리며
일제 강점기의 고통이 되살아나거나
6.25 전쟁 시 탈출하던 생각이 떠오른 건지
오래전 멈춘 무용담이 낡은 녹음기처럼 돌아간다

가르랑거리며 돌아가는 그 순간은
은하수처럼 반짝이는 눈의 반환점이 되고
밑천이 바닥을 보일 때쯤
다시 탈출을 꿈꾸는 눈동자가
프시케를 쫓고 있다

다시 돌아온 봄은
아버지를 가석방할지 의문이다
길몽인지 흉몽인지 몽롱하게 꿈꾸는
아버지 봄이 수상하다

상한 나비 영혼이 절룩거리며 날아간다

간고등어

엄마의 식탁에 구워놓은 간 고등어
거친 파도 헤치느라
시퍼렇게 멍든 물무늬 자국
죽어서도 바다를 잊지 못한 듯 물결 이룬다

불이 닿기 전
언제나 고등어 살을 먼저 맛보는 건 젓가락
짭짤하게 출렁이는 바다 향
비린내는 언제나 잡상인을 설레게 하고
공기 속 떠도는 기름 냄새

눈치 빠른 고양이
먼저 식탁에 올라 요리조리 뒤적이며 고등어살 바른다
한 눈 팔다 기회 잃은 손
뒤늦게 너덜한 껍데기와 머리 부분을 낚아채 간다

안과 밖이 하얘진 접시
고등어 부재에
맨발로 달려온 바람이
빈 접시만 핥는다

엄마의 바다는 비린내만 풍길 뿐

허기진 삶은 자반고등어처럼

오래전 염장해둔 기억만 잔뼈 주위를 떠돈다

입동

내가 한 장의 유서처럼 얇아지는 사이
백지장 같은 얼굴로 대문에 부적 붙이던 어머니
뒤꼍 감나무는 서둘러 잎을 뚝뚝 떨어뜨렸다

어둠이 창밖에 몰려와 수런거릴 때쯤이면
정화수에 비친 어머니 이마에 칠성별 뜨고
비손하는 손길엔 근심이 가득했다

언덕 넘어 바람 불어오는 날
당 너머 단골네 주술에 떠밀려 다니고
혈관을 태울 것 같은 알약에 취해
온종일 나뒹굴기도 하던,

그때마다 어머니는 길 끝 저편에
소금을 하얗게 뿌렸다
그때도 길 끝에서
까마귀 울음 떨어지는 소리가 들렸다

눈썹 하얗게 잠을 설친 날은
울음이 벼랑 끝을 기어올라 내 방문을 기웃거렸고
고통은 울음을 따라 바다까지 내려갔다
가까스로 돌아왔다

>
그해 여름,
더위에 지친 나는 혼절했다

멍하니 툇마루에 앉아 가슴 두드리는 어머니
나는 어머니의 볼을 타고 흘러내렸고
을씨년스런 겨울바람은 가슴을 훑고 지나갔다

착각

새벽 두시 반
덜컹거리는 문소리에 눈을 떴다
잠을 놓친 취객이 기억 사이를 더듬으며
겨울 찬바람과 실랑이 한다
잠의 부축 받으며 돌아서는 기억을 흘린 사내가
발뒤꿈치에 붙은 끈적한 달빛을 따라간다

아쉬움이란 뒤를 돌아보는 습성이 있는 법
만취라는 환각 상태로 돌아선 취객
붉은 염통에 들꽃 한 송이 아른 거린다
걸어온 길 되짚는 달빛

입가에 야릇한 웃음 흘러나오고
다시 덜컹거리는 현관문
냉랭한 찬바람에 손잡이가 얼어붙는다
파지가 된 기억 속으로 들꽃은 피어나고

남자가 바람을 재운다
잠을 앞세우고 돌아서는 사내의 염통에 핀 들꽃
질 줄 모른다

낯선 이의 미심쩍은 방문에 나는
하얗게 질린 밤을 용서한다

포도주

불어오는 해풍에
주렁주렁 매달렸던 포도 알맹이가
단지 속으로 들어간 지 이십 년

어쩌다
묻어둔 항아리 뚜껑을 열면 자줏빛 소식 후욱 퍼진다
진한 향기는 초파리 부를 수 있어
냄새가 퍼지는 걸 허락하지 않는다

밀폐된 공간에서 방울방울 솟아오르는
궁핍함 누르며 제 살 깎아
발효를 꿈꾸지만 새콤한 냄새만 번진다

농 익다는 것은
시간을 삭히는 일
몸속 깊숙이 빈집 한 채 지으며
지난날 풋향기를 뱉어낸다

와인의 깊은 향기 꿈꾸며,

환청

방금 전까지 그의 행방은 황홀한 밤이었지만
언제나 스텝이 문제였다

회전하려는 쪽으로 쏠리는 신경이 무리수로 작용한 건 아
닌지
이미 회전해버린 방향의 정서를
그는 꼼꼼히 기억하려 애를 썼다

어떤 기억은 눈을 뜨지 못하는 경우도 있다
눈감은 게으름이 길 한쪽에서 들었던
어둠의 충고를 흘린 채 밤을 밟았던 것이다

게으름은 한평생 쉬지 않는다
가끔, 생의 마감 기한을 넘긴다거나
졸음이 온밤을 지키거나
인생의 납부기한을 외출시키는 일도 마찬가지다

흘린 충고가 어두운 거리를 떠돌다 지쳐 메아리로 남고
지상의 속도를 놓친 바퀴는
방향 잃은 길 바라보며 밤을 추격한다

빛의 행방과 속도를 흥정하던 시간은 날아가 버리고

멈춘 바퀴만이 방금 전 충격을 기억하는 듯
식지 않은 급브레이크 자국만 쳐다보고 있다

코골이

남편이 잠들었다
군대에서 총 쏘던 기억을 되살렸는지
거실 화분이 흔들리고 집이 흔들린다

포탄이 쏟아지는 빗속 뚫고
도망가는 잠
놀란 아이들 품속으로 기어든다

밤이 찢어진다
금이 간 잠이 동맥경화와 고혈압 안고 펄럭인다

호흡이 끊어진다
잠을 잇기 위해선 가벼운 식욕에
동굴로 흐르다 차단되는 기류도 골라내야 한다

잠이 끓고 있다
지각변동으로 국지성 호우 몰고 온 잠이
다시 펄펄 끓고 있다

부족한 잠은
대낮 거실에 모여 졸고 있다

원이, 한이 소통법

쌍둥이가 외갓집에 왔다
비를 몰고 와
빗소리에 갇힌 아이들
놀이에 빠진 시간은
여우비처럼 눈 깜짝할 사이 멎고
부슬거리는 비 눈치 보는 아쉬운 마음
어떤 달콤함도 닿지 않는다

1분 먼저인 원이,
가야 한다고
눈짓 손짓으로 한이 부르지만
환한 눈웃음에 살레살레
쪼르르 빗속에 마음 던진다

트이지 않은 말
몸짓으로 소통하는 둥이들
5월의 함박꽃처럼 환하다

구애

매미울음에 가려졌던 귀뚜라미 울음
날개와 날개 사이로 왔다
초가을의 폭염은 모른 척 바람 속에 숨고
맑고 청아한 소리만 또록또록 구른다

시가 내 자존심이듯
귀뚜라미에게 자존심은 울음뿐,
가장 밑바닥을 끌어올려 저만의 방식으로
풀 이슬과 소통하고 구애하는
귀뚜라미의 노래

가을을 구합니다

매미

느티나무 아래 떨어진
매미의 울음을 쓸어 담았다

쓸어 담아도 다시 쏟아지는 소리
목청을 가다듬어도 흩어지는 울음 끝은 처서

계절이 간다고
사랑이 간다고
폭포처럼 쏟아내는 구애가

짙은 폭염에 출렁이고
환청에 멀미나는 거리
느티나무 그늘이 위로한다

고목에 매달린 매미
미처 게워내지 못한 애절한 노래가
낙엽 떨어지듯 흩어진다

모기

처서가 지나도
입이 비뚤어지지 않는 탐욕스런 여자

힘이 없으면서도 나를 노린다
잠깐의 방심을 틈타
넓적다리를 공격한다
힘껏 내리치지만 민첩한 여자
격차를 벌여 천장에 앉는다

순간 어둠을 배 채우고 다시 나는 모기
무거운 행동이 경계를 게을리하고
다시 이마에 앉은 모기
살짝 때리니
거울,
주루룩 피눈물 흘린다

눈앞에 알짱거리는 시
찾는 문장은 커튼 사이로 숨고
수시로 윙윙거리며 날아다니는
시의 속살거림에
가려운 은유만 밤새 긁는다

산수유

폭설처럼 매달린 산수유
서둘러 계절은 겨울을 횡단하고
직바구리 내뿜는 숨결에
열매 위 잔설이 녹아내린다
눈밭에
쏟아진 날카로운 새들의 울음
산수유가지 진저리 친다

꽃의 은신처는 열매
열매를 맺는 건
모두 태양의 상속자
한 알의 위안으로 품은
과육의 붉은 기억 입에 문 채
영혼까지 끌고 온 새떼

남자에게 딱이라는 산수유 광고
새들도 들었을까

열매가 끝이 아닌 시작이라는 것을
눈치 챈 새들
시거나 떫은 세상 쉬지 않고 쪼아 먹는다

어둠의 자식

핏줄이지만 핏줄 아닌
낯선 바닷가에 던져진 모래알은
일찍이 어둠에 몸 섞었네

모래 위 그린 그림은 썰물에 사라진 지 오래

얇아진 파도에 얼굴은 거칠어지고
교과서처럼 살라고 귀에 못 박히게
몰아치는 파도의 말씀
귓전으로 흘리고
저 너머 세상 꿈꾸며
곁눈이 베낀 침대 밑
꼬깃꼬깃 감춰진 신사임당 몇 장

지하로 가는 길목엔
아카시아꽃 환히 피었네

어둠 안 유희는 굽이치며 찰랑거리고
풋살구 같은 이마엔 별 하나 반짝였네
언제나 꼬리표로 붙어 다니며
어디에도 정착할 수 없었던 화인의 지번들

\>

담배 연기 몽실몽실 피어오르는 하늘
할머니 신사임당 몇 장 찾고 있네

목어

닫힌 귀와
마른입으로 우는 목어
하늘을 헤엄치고 싶었던 걸까
제 안을 모두 훑어내고
비득비득 가벼운 몸으로
명상 중이다

죽음을 관통한 울음의 파편이
허공으로 번지고
어디서 어디로 가는지 모를 불사에
경전을 깨우치는 물고기

물고기로 태어나 부레를 반납하고
산중에 들어 하고 싶은 이야기는 무엇이며
물고기의 업은 또 무엇이었을까

물살 가르던 기억에 젖을 때
향냄새 흔들리며
적요 속 비늘 돋는 목어 울음 길게 퍼진다

비의 수다

공기의 세력다툼 속 하늘이 찢어졌다

틈새로 아청빛 시스루 걸친
여름 손님이 찾아오고
바람이 안부를 물을 때마다 쏟아지는 비 알갱이들
마침표 찍은 흥건한 거리는 비 무덤이다

비가 만들어낸 파동은 마음에 찰방거리고
물 위에 떠 있거나 서 있는 풍경이 날아다닌다

느티나무 잎사귀에 소란스러운 소리 난무한 데도
나무는 꿋꿋이 직립의 기억을 바로 세운다
발 묶인 햇살에선 쿰쿰한 그늘 냄새가 난다
냄새의 출처를 찾아
옹이진 시간 더듬다 보면
구름의 깊은 곳에서
숨은 물고기나 부유물이 솟구친다

그런 날은
번개같이 삶은 감자나 옥수수를 쪄서
하루 종일 쏟아지는 비의 수다를 먹는다

>
죽은 자들의 의식이 끝날 즈음
북태평양에서 건너온 세력다툼은
소강상태이거나 휴전이다
긴장하던 거리가 잠시 해제된다

기억으로 추동하는 서정의 미학

권혁재 시인

기억으로 추동하는 서정의 미학

권혁재 시인

　현상연 시인의 두 번째 시집 『울음, 태우다』는 시인 자신
의 말에서 나타나듯 "아직 도착하지 않은 생각이/ 쓸쓸한
부재로 남아 있는 지금"(자서)의 위치를 인식하여 서정이
나 이미지를 추동하는 기억이 산재해 있던 언어를 결집하
는 것으로 다가온다. 또한 대상이나 타자를 대하는 진정성
이 가득한 언어의 탐색 의지는 현상연으로 하여금 흥미를
잃어가는 시에 대한 관심을 새롭게 일깨워주는 시인으로
돋보이게 해주는 시의 힘을 느끼게 해준다. 대개의 서정시
는 화자 자신의 언어와 상상력을 통해 대상에 편향적인 사
유에 따라 위안을 받거나 시로 보듬어 내었는데, 현상연 시
인의 시는 거기에다 기억이라는 원형을 첨가하여 외연을
넓혀냈다. 그에게 기억은 과거의 풍경과 시간으로 존재하
는 것에 그치지 않고 상상력으로 이미지를 변형해냄으로써
생명에 대한 애착을 매우 친근하고 포근하게 환기시켜 주

는 대상이다. 그런 오래된 기억과 이미지의 힘이 결속하면서 그 자신이 견지하는 시의 서정도 여러 갈래로 뻗어가는 것을 짐작하게 해준다.

이런 시의 경향은 이번 상재한 시집『울음, 태우다』속에서 더욱 선명하게 용해시켜내어 현상연 시인의 시가 삶의 기저에 내재한 여러 층위의 대상을 관찰하여 그만의 시적 진실이나 지극한 애착으로 포착해내는 일면을 보여준다. 특히 기억을 바탕으로 하여 이미지를 획득하는 상상력은 현상연 시인에게는 시 쓰기의 즐거움과 시인으로서 역할을 분명하게 하고, 또한 확실한 자리매김을 하고 있음을 여실히 증명해주고 있다. 그런 일련의 노력은 그만이 지닌 시작법이자 시 쓰기를 꾸준히 유지하게 해준 단단한 힘이 되었을 것이다.

현상연 시인의 시를 읽으며 우리는 기억과 상상력의 감각이 빚어낸 울음이나 아픔을 품으면서 존재라는 사유에 대해 동참하게 된다. 그 동참에서 현상연 시인이 수용하고 거부하는 기억의 형태들이 삶이나 죽음을 어떻게 바라보고 있는지 "무성한 풀에게 안부를" 묻듯이 우리도 그를 쫓아갈 것이다. 현상연 시인은 많은 기억 속에서 자신의 다양한 시적 스펙트럼을 빚어내어 서정과 이미지를 적절히 섞어 시의 농도를 잘 맞추고 있다.

오래된 서정을 소환하는 기억

자정이 가까운 여수역

무리에서 떨어진 새 한 마리

썰렁한 경계심 틈으로
누군가 건네준 빵
곱씹은 생각으로 꾀죄죄하고
초점 잃은 눈은 핫바 한 개와 우유 한 병에
울음을 터트린다

날기도 전, 떨어지는 법부터 터득한
새의 울음 속 두려움을 먼저 읽는다
잘근잘근 물어뜯는 초조가 기억을 더듬고
바닥을 비벼대는 운동화 끝은
어미 새에 대한 항변일 거라고
수군거리는 역 주변 어둠들
—「버려진 새」 부분

　현상연 시인에게 기억은 오래된 서정을 소환하는 형식을
취한다. 그에게 기억은 불편하고 현실사회에 대한 부조리
또는 비정상적인 면들을 자주 들춰낸다. 이런 점에서 그의
기억은 트라우마 같은 형태로 시를 지배하여 그의 기억으
로부터 시적 상상력을 여러 통로로 거쳐 배출해내어 왔다.
이 시도 "자정이 가까운 여수역"에서 소외되고 잊혀져가는
"무리에서 떨어진 새 한 마리"의 기억에서 결국은 "초점 잃
은 눈, 바닥을 비벼대는 운동화 끝, 적막만 날아다니던 공
간" 등의 오래된 기억을 굴착하여 "버려진 새"의 서정을 추
동한다. 그에게 오래된 서정은 그 자신의 잠재의식에 내재

한 기억이고, 그런 기억 또한 시를 쓰게끔 추동하는 일종의 모티프로 상관관계를 가지고 있어 기억과 서정이 각기 다른 별개의 것이 아닌 현상연 시인에게는 기억과 서정이 하나의 유기체로 존재한다는 사실에서 특이하다.

"버려진 새"에서 화자의 포근한 시선이 느껴지는 것은 단순히 "울음 속 두려움"을 알게 해주는 "새 한 마리"가 아니라 "우수에 젖은 눈이 기억 저 편을 더듬"으며 타자가 맞닥 트려야 할 두려움마저 짚어낸다는 점에서 깊은 동질성을 갖게 해주는 것에 있다. 즉, 화자는 이미 "버려진 새"의 기억 속을 파고 들어가 그의 "썰렁한 경계심"이나 "어미 새에 대한 항변"을 노출 시키는 것보다 시인 자신의 이타적인 친근감을 내세워 "대합실에 내미는 손"의 이미지에서 "버려진 새"를 잘 잡아주는 것으로 획득해낸다. 이러한 예로는 다음의 시「울음, 태우다」에서도 유사하게 나타난다.

> 맨드라미 붉게 타오르던 날
> 그녀가 불 속으로 들어갔다
> 뜨거운 세상이 서늘하였기 때문이라고
> 누군가 말했다
>
> 길들어진 인내는 잿빛 바람이 되고
> 해묵은 생의 파편들은 숯이 되었다
> 문밖을 서성이던 어떤 울음은 불이 되고
> 까맣게 뚫린 심장 사이로 들락거리던 울음은
> 토하지 못하는 울음이 되었다
> ―「울음, 태우다」부분

시인은 죽음을 바라보는 자세를 울음을 태우는 것으로 표현하고 있다. "길들어진 인내는 잿빛 바람이 되고/ 해묵은 생의 파편들은 숯이" 된 그녀의 내력에서 온전하지 못한 삶의 모습을 추측할 수 있다. "그녀가 불 속으로 들어"가고 "잿빛 바람"이나 "숯이" 될 때까지 "문밖을 서성이던 어떤 울음은 불이" 된다. 그리고 "까맣게 뚫린 심장 사이로 들락거리던 울음은/ 토하지 못하는 울음이" 될 만큼 화자에게는 일생에서 지울 수 없는 기억 속의 기억으로 "마지막 유언처럼" 다가온다. 그러나 여기서 우리가 간과할 수 없는 게 하나 있다. 그것은 다름 아닌 「울음, 태우다」라는 제목에서 나타나는 상상력과 이미지다. 보통 우리가 시의 제목을 정할 때는 "울음을 태우다"로 하는 게 일반적인데, 현상연 시인은 그렇게 하지 않고 "울음, 태우다"로 시 제목을 사용하였다. 시인은 왜 그렇게 하였을까?

몇 가지 추론을 해볼 수 있는데, 가장 먼저 떠오르는 것은 울음과 태우다를 별개의 것으로 구분하지 않고 오직 대상에 대한 애정과 회한을 지속적으로 유지하여 대상에게서 보이지 않는 속박으로부터 벗어나려는 자성과 성찰의 계기를 갖는 반면에 다른 하나는 "울음을 태우다"라는 단순한 표면적인 방식을 선택하여 기억을 울음으로 태워버림으로써 기억이 기억을 소거하는 형태로 존재하게 한다는 것이다.

현상연 시인에게 "화구에 들어간 그녀"는 잿빛 바람 또는 숯이 된 새의 파편들이 부추기는 울음이 아니라 불이 된 울음이었고, "울음을 토하지 못하는 울음"으로 태워도 울음이 멈추지 않는 영원한 시적 대상자로서 여전히 "까맣게 뚫린 심장 사이로 들락거리"고 있다. 이러한 일면의 서정이 나타나는 작품이 참으로 많은데, 그 시들을 나열해 보면 다음과 같다. "숫돌에 물 먹이며/ 녹슨 기억 벗겨"(「날을 세우다」)보는 장면이나 "제 본분"(「못의 담론」)을 잃지 않고 항상 곧게 펴져 있어야 하는 못의 기능을 지적하거나 "조상의 내력"에서 "파도의 묘지가 된 방파제"(「테트라포드」)를 기억해내기도 한다. 또 "밀착된 낡은 기억, 대기권 밖에서 깜박거리는 행성, 기억의 균열"(「치매」)로 잘 탐색해낸 "치매" 또한 오랜 서정을 소환하는 기억의 한 부류로 작용한다. 이외에도 「폐차」나 「간판」, 「1시와 3시 사이」 등에서도 현대문명의 이기나 정당하지 않은 노동의 환경을 적나라하게 지적하는 작품도 모두 오랜 서정을 추동하며 이미지를 시작품에 잘 적용시켜낸다.

불편한 서정을 깨우는 기억

시에서 기억은 상상력을 추동하여 이미지를 획득해내는 중요한 요소 중 하나이다. 부연하자면 상상력은 시에서 이미지를 만들어내는데 그 밑바탕이 되는 상상은 항상 기억에 의존한다. 이런 기억은 긍정적이거나 기쁨의 기억만 존재하는 게 아니라 부정적이고 불편한 기억을 바탕으로 하여 서정을 깨우는 경우도 있다. 후진하는 차에 치여 사라진 백구(「백구가 사라졌다」), 바다 이야기같이 "한바탕 파도타기"를 하며 한탕을 노리는 「얼굴 없는 고래」에서 과학 문명이 갖다준 폐해나 자본시장을 부정하게 잠식하려는 "코인 가격이나 바다의 흐름"(「얼굴 없는 고래」)을 통해 "고래싸움에 새우 등 터"지는 그릇된 "시장을 컨트롤"하는 이기적인 자본의 불편한 장면도 담담하게 잘 포착해낸다.

> 건물 모퉁이
> 앉은뱅이 노파의 냉이 한 움큼과
> 비닐 속 무말랭이가 전부인 반나절
> 마수걸이 없는 막혀버린 눈물샘에 허기가 흔들린다
>
> 무말랭이처럼 비틀어진 노인 손가락
> 얼마나 많은 마른 길을 지나왔는지
> 손가락 마디가 휜 갈퀴 같다
> 좌판 노파의 밥그릇이 햇살에 말라 간다
> ―「송북 오일장」 부분

현상연 시인은 장이 서는 송북에서 가까운 곳에 살고 있다. 그래서 "송북 오일장"의 정서나 애환을 잘 파악하고 있다 하겠다. 그에게 축적된 송북 오일장의 기억은 "그늘조차 드리우지 못한 오늘"이고 "무말랭이처럼 비틀어진 노인 손가락"으로 불편하게 각인되는 기억의 공간이자 시간이기도 하다. 다양한 가게에서 마수걸이의 허기가 흔들리고 다양한 사람들이 목청 돋우며, "밀려난 햇살들"을 "건물 모퉁이"에서 "날개 단 오후"를 "주름진 노을에 하나 둘 흩어" 보낸다. "닷새 되면 다시 열리는 송북 오일장"은 삶의 치열한 모습이 "비닐 속 무말랭이가 전부인 반나절"이나 "햇살에 말라가는 좌판 노파의 밥그릇"같이 처연하고 불편한 기억으로 서정을 불러일으킨다.

> 농익은 상처에 흐르는 고름
> 씨앗 빠진 자리 붉은 허공 하나 생겼다
>
> 아버지 안마당 한 바퀴 휘돌아
> 울 너머로 날아가고
>
> 아버지만큼 생을 건너온 나도
> 단단한 복숭아 하나 품고 건너왔다
> ―「아버지 텃밭」 부분

시인에게 아버지는 어찌할 수 없는 많은 아버지 중의 한 분의 아버지로 언제나 시적 대상이 될 수 있고 타자의 입장에서 기억을 부추기는 육친 너머의 기억의 대상이다. 그런 아버지 텃밭의 울타리에는 "딸애 등록금, 썩고 진 무른 곳에 알을 슬기 시작"한 벌레들, "농익은 상처에 흐르는 고름, 울 너머로 날아간 아버지" 등의 이미지가 아버지로 향한 회한으로 둘러쳐져 있다. 화자를 사랑하는 부성애가 "분홍빛으로 굽어 있"는 이 작품은 오롯이 아버지 자신이 감내하며 "붉은 근심 주워 삼"키고 "씨앗 빠진 자리 붉은 허공 하나" 만드는 것으로 여기고, 울 너머로 날아간 아버지를 화자는 "단단한 복숭아 하나 품고 건너" 온 것으로 동참하고 있다. 이 동참의 행위는 일상적인 관습에서 나타나는 편린이나 후회가 아닌 기억 너머로 날아간 아버지의 모습 뒤로 화자 자신이 아버지 같은 삶을 살겠다는 다짐이나 각오를 하고 있다는 사실에서 작품이 남다르게 보인다.

현상연 시인의 시에 나타나는 특징은 크게 두 부류로 나눌 수 있다. 하나는 문명의 이기나 현대인의 그릇된 정신적인 측면을 오랜 기억을 통해 응집된 정서로 짚어낸다는 것이고, 다른 하나는 동물이나 식물적인 대상에서 자연재해나 이상기후 조짐에 대한 경계를 하고 있다는 것이다. 이러한 시도는 앞으로 그의 시가 나아갈 방향이나 그가 이끌어갈 그 자신의 시 세계를 엿보는 것 같아 고무적이다.

"삐걱거리며 부서지는「전기밥솥」, 소의 생애나 내력이 계산되지 않는「가벼운 계산법」, 꽃 핀 자리와 꽃 진 자리를 기피하는「도미노 게임」, 쌓아 놓은 풀더미에 조문 행렬 이어지는「풀과 전쟁」, 과수 화상병으로 봉분 없는 무덤이 생긴 사과밭을 지적한「사과나무 장례」, 속 시원히 털어놓지 않는 검은 비닐의「은밀한 속내」" 등은 모두 한결같이 불편한 서정을 깨우는 기억의 방식을 취한다.

기억을 더듬는 기억 속의 기억

소꿉친구 병실을 찾았다
그녀의 아픈 기억이 단내로 훅 풍긴다
수없이 찔러대는 주사 바늘
병명의 취조가 끝난 후 그녀를 석방하기로 한다
들숨과 날숨의 파동이 일파만파로 번져
혈관 어딘가에 꼭꼭 숨어 핀
붉은 꽃

은밀한 병명이 술래잡기하는 가운데
그녀의 내력을 되짚어 본다
집안 한 켠
그녀 살을 발라 먹으며 제 키를 늘리는
앉은뱅이 꽃들
그녀는 육신을 조금씩 덜어내며
부러진 나뭇가지처럼 시들어 간다

삶이란 제 곪은 곳을 드러내는 법
단단히 채워진 그녀의 자물쇠가
무성한 소문에도 열리지 않는다
병명은 여전히 링거액처럼 흐르고
붉은 꽃만
저녁이 오는 병실에서 시들어간다
　　　　　―「저녁이 오는 병실」 전문

　시에서 저녁이나 어둠은 죽음을 뜻하는 원형의 이미지를
지닌다. 저녁은 한밤 이전의 단계로 서서히 시들어가거나
어떤 특수한 상황을 설정해줌으로써 시에서 밝고 어두운
것을 조절해주며 이미지와 깊은 관계를 맺는다. 현상연 시
인에게 저녁은 "그녀의 아픈 기억이 단내로 혹 풍기"는 시
간이며, "병명의 취조가 끝난 후 그녀를 석방하"는 행위이
기도 하다. 화자에게 저녁이라는 시간은 "그녀 살을 발라
먹으며 제 키를 늘리는/ 앉은뱅이 꽃들"을 바라보는 안타까
운 시간이고, "단단히 채워진 그녀의 자물쇠가/ 무성한 소

문에도 열리지 않는" 것에 대해 "곪은 곳을 드러내는" 행위의 시간이기도 하다. 그러나 저녁이라는 시간과 그녀를 바라보며 채워진 그녀의 자물쇠를 풀려는 행위에도 그녀는 "저녁이 오는 병실에서 시들어간다". 그녀의 "아픈 기억"과 "삶이란 제 곪은 곳을 드러내는" 화자의 기억은 기억 속의 기억을 더듬어 그녀가 시들어가는 것을 "붉은 꽃만/ 저녁이 오는 병실"로 시간과 공간을 초월해서 잘 짚어낸다.

현상연 시인에게 기억은 일상적인 하나의 기억이 아니라 기억 속의 기억을 더듬어내는 시작법으로 사용한다. 일례로 「돼지의 꿈」에서 전반부에서는 "옆집 여자 깨진 사랑이 취기에 엎질러진" 장면으로 나타났다가 후반부에서는 "오물에 발 담그고 엉덩이 통칠하며 살던 돼지의 꿈은/ 결국 술안주밖에 되지 못했다"라고 표출하며 전반부와 후반부가 대치 또는 병립되는 기억 속에서 기억을 더듬어 작품으로 잘 주조해낸다는 것이다. 이와 같은 작품으로는 「갈매기 날다」가 있다. "세탁기에 바다를 넣는다"는 신선한 이미지와 도저한 시상의 전개는 "얼룩의 끝자락"이나 "물고 있던 불순물"을 뱉어내는 세탁의 과정을 묘사해내다가 "잔잔한 바다 위로 갈매기 날아오른다"로 매듭짓고 있는 장면에서도 전면부와 후면부가 서로 비슷한 이미지의 기억을 중첩시킨다. 이 또한 기억 속의 기억을 탐색하는 방식을 취하고 있음을 알 수 있다.

이외에도 「골목의 호흡」에서 노을이 지는 골목의 모습을 기억 속의 기억으로 "체납된 고지서 같은 어둠"을 "죽음에 길들어진 시간"으로 바라보는 화자가 골목길에서 맞닥트리게 되는 존재의 기억을 더듬어 "반복된 습관"에 갇힌 기억을 획득해낸다. 또 「법고」에서는 "가죽을 보시하고/ 불가에 귀의한 짐승"을 소로 기억해냈다가 "탑 주변을 배회하는 뭇 사내"로 전이시켜 귀착해내기도 한다. 이러한 기억은 죽은 소의 가죽이라는 기억에서 "북채 잡은 손"으로 "번민을 다독"이는 "뭇 사내"의 기억에 맞닿아 기억 속의 기억을 추적해내는 화자의 집요함이 엿보인다.

기억을 잃은 기억 속의 기억들

약이 밥 되어버린 구순의 아버지
폐암, 고혈압, 심장질환, 전립선 비대증

약 보따리는 항상 문갑에 대기 중이고
약은 약 먹은 기억조차 먹는 건지
기억 잃은 기억이 또다시 약을 먹고
뜨락에 올라선 햇살이
무릎 치며 중복된 사실을 확인하고
점심 약 굶지만
약은 저녁 식전에 꼭 가출 한다

아버지 약의 행방 찾아 구석구석 살피지만
알약이 가는 곳은 문갑 밑이나 장롱 밑
먼저 숨어버린 그 곳
손이 닿지 않는다

행방을 수소문하다 포기한 기억은 청소기에서 발견되고
아버지 어두운 알약만 더듬거린다
흐린 생각은 여전히 침대 밑이나 윗목으로 가출하고
밥보다 약이 먼저인 아버지의 간절한 바람

한 주먹 남은 생을 다시 삼킨다
— 「가출」 전문

　화자에게 기억은 기억 속에만 존재하지 않고 다른 양상으로 나타나기도 한다. 기억을 잃은 상태에서 기억을 헤집어 다시 기억을 들춰내는 형태도 있다는 것이다. 그 대표적인 작품이 「가출」이다. "폐암, 고혈압, 심장질환" 등의 지병을 앓고 있는 구순의 아버지에게 약은 매번 먹는 밥이나 다름없다. 그래서 "약 보따리는 항상 문갑에 대기 중이고", 약을 수시로 복용하는 탓에 "약은 약 먹은 기억조차 먹는 건지/기억 잃은 기억이 또다시 약을 먹"는지 "중복된 사실을 확인"까지 하게 된다.

　현상연 시인이 구순의 아버지에게서 획득한 서정은 기억을 잃은 기억에서 비롯되고 있음을 인식해낸다. 그 인식은 안타깝게도 "문갑 밑이나 장롱 밑"에 숨어버린 아버지의 알약을 찾는 장면에서 기억을 서정으로 변주하는 지극한 시상으로 전개한다. "손이 닿지 않는" 곳에 숨어버린 알약은 결국 "청소기에서 발견"되어 아버지의 잃은 기억은 여전히 "침대 밑이나 윗목으로 가출"을 하지만 화자는 그런 아버지에게 잃은 기억을 찾아주듯이 "한 주먹 남은 생을 다시 삼" 켜 드리기 위해 기억을 "뜨락에 올라선 햇살"같이 아버지의 문갑에다 귀가시켜 놓는다. 이렇게 아버지로 향한 애틋한 기억을 불러오는 또 다른 작품에는「아버지의 섬」도 있다.

현상연 시인은 아버지의 잃은 기억뿐만 아니라 어머니의 잃은 기억을 잘 포착해 비린내만 풍기는 바다에서 "오래전 염장해둔 기억만 잔뼈 주위를 떠도"는 편린을 잘 표현해내기도 한다. 화자에게 잃은 기억은 주로 가족이 그 대상이 되나 여기에서는 "매미, 모기, 산수유, 비, 포도주, 쌍둥이 손자" 등 다양한 대상들을 등장시켜 내밀한 서정의 기억으로 엮어낸다. 여기서 잃은 기억을 들춰내는 특이한 몇 작품을 거론해보면「착각」,「환청」,「비의 수다」,「코골이」등이 있다. 그 중에서「착각」은 "기억을 흘린 사내"가 "기억 사이를 더듬으며" 달빛 아래서 "걸어온 길 되짚"는 것을, 착각으로 보는 시적 감각은 실존 의식과 잇닿아 있는 듯하다. 또「환청」에서도 "지상의 속도를 놓친 바퀴"에서 추동하는 "빛의 행방과 속도를 흥정하던 시간"이나 "이미 회전해버린 방향"에서 몽환적인 "환청"을 견고한 사유로 잘 표출하고, "방향 잃은 길 바라보며 밤을 추격"하는 자세로 잃은 기억을 재확인하려는 화자의 강한 의지를 엿보게 해준다. 현상연 시인은 기억 잃은 대상들에게 기억 속의 기억을 되찾아주거나 찾아냄으로써 그의 시심이 본연적으로 시인을 시인답게 해주는 묘한 매력을 지닌다. 그에게 기억이 영원하듯 시도 영원히 그의 곁에 머물 것으로 믿는다.

우리가 주지하듯이 시는 오랜 기억에서 서정이나 이미지를 추동하여 발화되거나 존재와 실존이 내포된 사유의 세계를 언어로 획득해낸 결과물이다. 그것은 현재까지 변함 없는 사실이며 과거의 기억을 현재나 미래의 기억으로 소환하여 형식이나 내용을 바꿔 놓기도 한다. 이러한 다양성으로 인해 과거의 기억과 현재의 기억이 상충하는 면도 없지 않아 있으나 분명한 것은 기억을 통해 서정이나 이미지를 추동하여 시를 이루어 낸다는 사실이다. 그래서 서정은 서사나 서경과는 다른 시의 세계를 구축하는 원리를 갖고 있다.

현상연 시인은 오래전 기억을 불러오면서도 그 기억 안에 가득 차 있는 서정이나 이미지를 한 방향으로 일관되게 잘 이끌어 왔다. 그 과정은 기억이 스크린에 비추는 것처럼 사실적이고 구체적이어서 때론 안타깝고, 때론 참담한 모습을 보여 주기도 한다. 이러한 그의 시 세계는 기억을 통해 추동하는 많은 이미지를 언어의 미학으로 힘겹게 추적해가는 시작詩作의 결과이기도 할 것이다. 현상연 시인의 시집『울음, 태우다』는 서정이나 이미지를 추동하는 기억이 산재해 있던 언어의 결집으로 다가와 우리로 하여금 기억에 대한 새로운 시적 전환을 되새기게 해준다.

이제 현상연 시인의 두 번째 시집 발간을 축하하고 "골목의 호흡"이 그에게 시의 호흡이 되길 바라는 뜻에서, "공복에 발걸음을 재촉"하여 시적 진실과 삶의 진경을 디뎌가며, "패딩처럼 빵빵"하라는 뜻으로「골목의 호흡」일부분을 아래에 첨부해 놓는다.

지친 하루가 벗어놓은 노을

금 간 유리창 틈으로 기어오르고

묵은 기침이 떠도는 담벼락에 매달린 우편함

색 바랜 고지서 물고

오가는 행인의 행방에 소인을 찍는다

숱한 세월 잘라먹은 길바닥엔

체납된 고지서 같은 어둠이

지친 몸을 이끌며 공복의 발걸음 재촉한다

―「골목의 호흡」 부분

현 상 연

현상연 시인은 경기도 평택에서 출생했고, 한국방송통신대학교 국어국문학과를 졸업했다. 2017년 계간 『애지』로 등단했고, 시집으로는 『가마우지 달빛을 낚다』가 있으며, 현재 '시원 문학 동인회'와 '애지문학회' 회원으로 활동하고 있다.

현상연 시인의 두 번째 시집인 『울음, 태우다』에서는 그의 시가 삶의 기저에 내재한 여러 층위의 대상을 관찰하여 그만의 시적 진실이나 지극한 애착으로 포착해내는 일면을 보여준다. 특히 기억을 바탕으로 하여 이미지를 획득하는 상상력은 현상연 시인에게는 시 쓰기의 즐거움과 시인으로서 역할을 분명하게 하고, 또한 확실한 자리매김을 하고 있음을 여실히 증명해주고 있다.

이메일   hyusykr@hanmail.net

현상연 시집

울음, 태우다

발　　행　2024년 9월 13일
지 은 이　현상연
펴 낸 이　반송림
편집디자인　반송림
펴 낸 곳　도서출판 지혜, 계간시전문지 애지
기획위원　반경환
주　　소　34624 대전광역시 동구 태전로 57, 2층 도서출판 지혜
전　　화　042-625-1140
팩　　스　042-627-1140
전자우편　eji@ji-hye.com
　　　　　ejisarang@hanmail.net
애지카페　cafe.daum.net/ejiliterature

ISBN　　979-11-5728-551-8　03810
값　　　10,000원

* 이 책은 2024년도 한국예술복지재단 창작지원금 수혜로 발간되었습니다.